IMPRIMÉ PAR PILLET ET DUMOULIN
RUE DES GRANDS-AUGUSTINS, 5, A PARIS.

OBJETS D'ART

MEUBLES ET TAPISSERIES

DU XVIIIe SIÈCLE

CATALOGUE

DES

OBJETS D'ART

TRÈS IMPORTANTS

DU XVIIIᵉ SIÈCLE

Beau Buste de femme par HOUDON

Bronzes d'art et d'ameublement — Orfèvrerie — Faïences

Porcelaines — Meubles

TAPISSERIES DES GOBELINS

et autres.

Appartenant à M. le baron de ✱✱✱

ET DONT LA VENTE AURA LIEU A PARIS

8, RUE DE SÈZE (GALERIE GEORGES PETIT)

Le Mercredi 30 Janvier 1884,

A deux heures.

———

COMMISSAIRE-PRISEUR | EXPERT
Mᵉ PAUL CHEVALLIER | M. CHARLES MANNHEIM
10, rue de la Grange-Batelière. | 7, rue Saint-Georges.

Chez lesquels se trouve le présent Catalogue.

———

EXPOSITIONS

PARTICULIÈRE | PUBLIQUE
Le Lundi 28 Janvier 1884 | *Le Mardi 29 Janvier 1884*
De une heure à cinq heures.

CONDITIONS DE LA VENTE

La vente sera faite au comptant.

Les acquéreurs payeront *cinq pour cent* en sus des enchères applicables aux frais.

L'exposition mettant le public à même de se rendre compte de l'état des objets, il ne sera admis aucune réclamation une fois l'adjudication prononcée.

Paris. — Typ. PILLET et DUMOULIN, 5, rue des Grands-Augustins.

DÉSIGNATION

MARBRE

HOUDON

(JEAN-ANTOINE)

Né à Versailles, en 1740, mort à Paris en 1828.

1 — Superbe buste en marbre blanc. *Chambodin*

Portrait de Marie-Adélaïde-Girault Servat.
Signé et daté 1776. *50m*

Haut. 0.85 cent.

Vicomtesse de Courval

TAPISSERIES

Cinq belles tapisseries des Gobelins, sur fond jaune diapré, ton sur ton, représentant des scènes tirées de l'histoire de *Don Quichotte,* d'après Coypel.

Un bouclier, placé au bas de chaque sujet et soutenu par une tête de lion, porte une inscription explicative.

L'encadrement de chacun de ces sujets se compose d'une bordure simulant du bois doré et de riches festons de fleurs au milieu desquels se jouent des singes et des oiseaux. Au sommet, un paon faisant la roue, et dans l'écusson du bas, un chevalier revêtu de son armure.

Dans les deux angles de la partie inférieure sont représentés les différents accessoires ayant trait à l'histoire de *Don Quichotte.*

— *Don Quichotte, estant à Barcelonne, danse au bal que luy donne Don Antonio.*

La scène se passe au milieu d'un vaste salon éclairé par mille lumières répandant une clarté magique sur tout le bal. Don Quichotte, entre ses deux danseuses auxquelles il offre galamment la main, exécute un pas au milieu du salon.

A droite est placé l'orchestre sur une estrade. Tout autour sont disséminés des groupes de jeunes et jolies femmes aux toilettes les plus riches et les plus brillantes.

Cette tapisserie, très séduisante par sa composition, est d'une coloration harmonieuse et parfaitement conservée.

Les deux L dans les angles du haut.

Signée Cozette, 1738, dans l'angle droit au-dessus du rinceau.

Haut., 3,60 cent.; larg., 4.70 cent.

2 *bis* — Tableau par Coypel — Scène du bal tirée de *Don Quichotte*.

Peinture sur cuivre; cadre en bois sculpté et doré.

Haut. 0.54 cent.; larg., 0.74 cent.

3 — *La fausse Princesse Micomicon vient prier Don Quichotte de la remettre sur le trône.*

La princesse, dans un riche costume d'apparat, implore à genoux la protection du preux chevalier. Agenouillé près d'elle, dans une posture des plus humbles, un seigneur de sa suite semble joindre ses prières aux siennes. Sancho portant le chapeau de son maître, et d'autres personnages,

hommes et femmes, assistent avec gravité à cette
scène, qui a pour cadre un joli paysage de rochers
et de cascades.

Haut., 3.40 cent.; larg., 2.80 cent.

Les deux L dans les quatre angles.

4 — *Don Quichotte fait Chevallier par l'Hoste de
l'Hôtellerie.*

La scène se passe dans une cour d'auberge. Don
Quichotte, revêtu de son armure, est agenouillé,
les mains jointes, devant son hôte. Celui-ci, cos-
tumé pour la circonstance et coiffé d'un grand
chapeau à plumes, le frappe du plat de son épée
et le fait chevalier. Près de l'hôtelier se tient un
enfant portant un cierge ; un peu plus loin, sont
rangées plusieurs jeunes femmes jouant un rôle
dans la cérémonie.

Les deux L dans les quatre angles.

Signée Cozette, 1764.

Haut., 3.60 cent.; larg., 2.75 cent.

5 — *Entrée de Sancho dans l'île de Barataria.*

Sancho, porté par deux gentilshommes, fait une
entrée triomphale dans les murs de la ville ; la
foule se presse aux balcons et sur son passage
pour acclamer le nouveau gouverneur.

Les deux L dans les quatre angles.

Signée Audran, 1757.

Haut., 3.60 cent.; larg., 3.90 cent.

6 — Poltronnerie de Sancho à la Chasse.

Don Quichotte, armé de pied en cap, s'apprête à frapper de son épée un sanglier attaqué par une meute et harcelé à coup d'épieux par les piqueurs. A gauche, Sancho, saisi de frayeur, grimpe sur un arbre. Plus loin, sur la droite, d'autres personnages, hommes et femmes, assistent à la chasse. Le paysage représente un coin de la forêt.

Les deux L dans les quatre angles.

Signée à droite AUDRAN, 1750.

Haut., 3.40 cent. ; larg., 3.90 cent.

7 — Les douze mois de l'année. — Très belle série de douze panneaux de tapisseries des Gobelins, par Jean Bérain, 1680.

Chaque panneau, qui mesure 2 m. 85 cent. de haut, comprend trois parties. Le médaillon du centre représente un des douze grands dieux ou déesses de l'Olympe.

Dans un écusson plus petit, placé au sommet, apparaît un des douze signes du Zodiaque. Enfin, dans la décoration qui occupe le bas du panneau, sont représentés les différents attributs des dieux, ainsi que les animaux et les fleurs qui leur étaient consacrés.

Ces douze tapisseries, à fond chamois, présentent

mille dessins différents, nuancés des tons les plus harmonieux et les plus variés.

Haut., 2.85 cent.; larg., 0.63 cent.

8 — Tapisserie sortant de la manufacture de Fontainebleau, époque de la Renaissance.

Sujet mythologique représentant les Sources apportant leur tribut à un Fleuve.

Le Fleuve est assis à droite, appuyé sur deux urnes penchées, d'où l'eau coule dans un ruisseau bordé de glaïeuls et de plantes aquatiques; autour de lui les Sources, sous la figure de jeunes et jolies femmes recouvertes de tuniques aux tons multicolores, apportent leur tribut au dieu. A gauche, derrière un saule, sont dissimulés deux amours. Des arbres touffus ombragent cette scène et laissent voir un fond de paysage clair et lumineux.

Les bordures à fond bleu sont composées de guirlandes d'amours et de dieux avec leurs attributs.

Haut., 3.70 cent.; larg., 5.10 cent.

9 — Tapisserie de Bruxelles.

Composition de plusieurs figures, représentant le départ d'Ulysse.

Ulysse, revêtu de son armure et drapé dans un manteau écarlate, met le pied sur la passerelle pour entrer dans la barque qui doit le conduire au navire. Les rameurs, assis au fond de l'embarcation, n'attendent plus que le signal du départ.

Plus loin, apparaît le vaisseau, les voiles gonflées et prêt à prendre le large.

Très jolies Bordures sur les quatre côtés, composées de fleurs et de feuillages ; des enfants occupent les quatre angles ; au milieu de la bordure du bas se trouve un écusson encadré par deux amours portant des roseaux.

Haut., 3.55 cent.; larg., 2.60 cent.

10 — Autre tapisserie de Bruxelles.

Composition de trois figures représentant l'ange venant annoncer à Abraham qu'il allait devenir père.

A droite, la figure de l'ange se détache sur un fond de verdure ; la campagne se déroule à gauche sous un ciel clair et lumineux.

Jolies Bordures dans le haut et dans le bas composées de fleurs et de feuillages aux tons les plus variés.

Haut., 3 m.; larg., 2.20 cent.

11 — Bandes de tapisserie, datant de la fin de la Renaissance, à fond rouge, dont seize en hauteur et huit en largeur.

Chacune de ces bandes renferme, au centre,

un médaillon représentant un sujet tiré de la Bible.

Au-dessus et au-dessous du médaillon se trouvent des amours enfouis au milieu de fleurs et de fruits.

Enfin, aux deux extrémités, quelques bandes se trouvent ornées de mascarons.

Les seize bandes, en hauteur, mesurent 3.60 de haut. sur 0.55 de large.

Les huit, en largeur, mesurent 2. de haut. sur 0.55 de large.

12 — Bel écran du temps de Louis XIV, en bois sculpté, garni d'une belle tapisserie de la Savonnerie, à médaillon représentant le sujet de la fable du Renard et la Cigogne, encadré de beaux ornements, de fleurs et d'oiseaux polychromes sur fond bleu clair.

Haut., 1.25 cent.; larg., 0.98 cent.

13 — Écran en bois sculpté et doré, garni d'une belle tapisserie des Gobelins, représentant des oiseaux dans un paysage encadré d'ornements et de fleurs et surmonté d'un dais monumental.

Haut., 1.03 cent.; larg., 0.72 cent.

14 — Quatre grands et beaux fauteuils du temps de Louis XIV en bois sculpté et doré avec entrejambes. Ils sont couverts de tapisseries au point exécutées en soie de couleurs et argent représentant des dais avec draperies, des vases de fleurs et des ornements variés.

Haut., 1.10 cent.; larg., 0.70 cent..

BRONZES D'ART

15 — Beau groupe en bronze du temps de Louis XIV. Vénus, assise sur son char et ayant à ses pieds deux colombes, lutine l'Amour couché sur ses genoux.

Belle patine brun clair.

Haut., sans le socle en marbre griotte, 0.47 cent.

16 — Deux jolies statuettes en bronze de même époque. Bacchus et Ariane debout tenant, le premier une coupe et une grappe de raisin; la seconde une couronne.

Elles reposent chacune sur un socle en bronze ciselé et doré.

Haut. totale, 0.52 cent.

17 — Deux grands chenets italiens de l'époque de la Renaissance en bronze, à base triangulaire décorée d'ornements en relief et garnie aux angles de dragons ailés que trois hommes armés de massues, et placés au-dessus, semblent vouloir frapper. Au-dessus encore, trois satyres debout entourant un vase qui sert de base à un amour assis tenant une corne d'abondance.

Haut., 0.80 cent.

18 — Deux statuettes en bronze du XVIIe siècle. —Hercule et Bacchus debout. Patine brun clair.

Haut., 0.24 cent.

BRONZES D'AMEUBLEMENT

19 — Grande et belle Pendule de suspension avec socle cul-de-lampe du temps de Louis XIV, en bronze ciselé et doré et les côtés exécutés en marqueterie de cuivre sur écaille. Elle est décorée sur sa face de quadrillages découpés à jour, ses angles sont ornés de fleurs et de feuillages et elle est surmontée d'une figure d'amour. Le cadran, à cartouches d'émail marque les quantièmes.

Son socle se compose d'ornements rocaille et de

fleurs ; son centre est décoré de l'avant d'un lion et ses deux côtés sont ornés à leur partie supérieure de deux dragons ailés.

Haut. totale, 1.30 cent.; larg., 0.44 cent.

20 — Autre belle Pendule de suspension avec socle du temps de Louis XIV, en bronze ciselé et côtés en marqueterie. Comme dans celle qui précède, sa face est décorée d'ornements feuillagés et de quadrillages découpés. Ses côtés sont ornés de mufles de lion et elle est surmontée d'une figurine d'enfant assis.

Au-dessous du cadran à cartouches d'émail est un petit écusson émaillé, portant le nom de : THURET, PARIS.

Le socle est orné de deux supports à volutes en bronze et il offre à son centre un médaillon buste de femme de profil à gauche, ainsi qu'un trophée composé d'un flambeau et d'un carquois se détachant sur un fond de corne verte.

Haut., 1.08 cent.; larg., 0.37 cent.

21 — Deux grands Chenets en bronze à vase et galerie, ornés de guirlandes de chêne et enrichis de figurines d'amours assis tenant des armes, époque Louis XVI.

Haut., 0.43 cent.; larg., 0.48 cent.

22 — Très beau Lustre du temps de Louis XIV en bronze ciselé, à tige formée d'un vase entouré de quatre consoles et à culot orné de huit mascarons donnant naissance à huit branches porte-lumière. Ce lustre a dû être fait comme modèle, n'ayant jamais été doré.

Haut., 0.92 cent.; diam., 1.05 cent.

23 — Autre beau Lustre du temps de Louis XIV, en bronze ciselé et doré; la tige de celui-ci est formée d'un vase orné de quatre cariatides de femme; le bandeau d'où s'échappent ses huit branches porte-lumières est orné de médaillons représentant des bustes d'empereurs romains.

Haut., 0.78 cent.; diam., 0.87 cent.

Les deux lustres qui précèdent sont de la plus grande rareté.

24 — Magnifique Lustre en cristal de roche, à dix-huit lumières disposées sur deux rangées, douze à la première, six à la seconde, avec riche monture en bronze ciselé et doré de l'époque Louis XVI. Il est garni de belles et nombreuses plaquettes taillées, à bords contournés et biseautés, de pyramides, d'étoiles et de pendeloques, le tout en cristal de roche. La tige, ornée de pièces superposées, est surmontée d'une couronne de palmes

en bronze et se termine à sa partie inférieure par un culot, également en bronze ciselé, auquel est appendue une grosse pendeloque, forme poire, de belle qualité.

Haut., 1,55 cent.

25 — Paire de Bras de Mur Louis XVI, à trois lumières, composés d'ornements rocaille et de rinceaux feuillagés, bronze ciselé et doré.

26 — Deux Paires de Bras de Mur Louis XVI, en bronze ciselé et doré à deux branches porte-lumière ; les tiges sont cannelées et surmontées de vases à guirlandes.

27 — Deux grands et beaux Flambeaux du temps de Louis XIV en bronze ciselé et doré, modèle rocaille, à pieds découpés.

Haut., 0,31 cent.

28 — Deux Dragons ailés en bronze doré, disposés pour porter. Époque du XVIIIᵉ siècle.

Haut., 0,33 cent.

ORFÈVRERIE

29 — Deux beaux Flambeaux en argent du temps de
la Régence, à base octogone, décorée, ainsi que la
tige et le nœud, d'ornements et de coquilles gravés.
La tige est ornée de plus à sa partie supérieure de
quatre mascarons saillants, têtes de femme.

Haut., 0.24 cent.

3o — Deux grands et beaux Flambeaux en argent du
temps de Louis XV, décorés d'ornements rocaille
et de feuillages finement ciselés. La base, contournée et à gorge, présente un double rang d'oves.

Haut., 0.27 cent.

31 — Deux grands et beaux Flambeaux du temps de
Louis XVI en argent, à pied et tige cannelés. La
base est garnie d'un rang de perles et enrichie de
trois ressauts à feuillages ciselés ; la tige est décorée
de festons de laurier et de feuilles ciselées.

Haut., 0.29 cent.

FAIENCES

32 — **Fabrique de Faenza.** — Petit plat rond à décor en bleu et jaune. Au fond, une tête d'enfant ailé portant une corbeille de fruits. Au marli, imbrications et ornements.

Diam., 0.25 cent.

33 — **Fabrique de La Frata.** — Petite coupe ronde sur pied plat à décor gravé sous engobe et émaillé brun, jaune et vert. Au centre, un écusson armorié ; au pourtour, ornements feuillagés et rinceaux.

Diam., 0.21 cent.

34 — **Fabrique italienne.** — Plat rond et creux à décor gravé sous engobe et émaillé brun clair et brun foncé. Au fond, buste d'homme coiffé d'un large chapeau de profil à gauche. Le marli large est décoré de palmettes et de fleurs. Le revers, décoré de bandes concentriques gravées à ornements, porte l'inscription suivante : JOANNES ERITTVS CVTIVS PAPIENSIS CANONICVS ET SUNDICVS REVERENDISSIMI CAPITOLI CATHEDRALIS PAPIAE F. 1677.

Diam., 0.31 cent.

35 — Fabrique de Castelli. — Joli plat rond décoré
au fond de deux volatiles dans un paysage. Au
marli, génies et oiseaux se jouant dans des rinceaux. Décor polychrome rehaussé de dorure.

Diam., 0.25 cent.

36 — Fabrique de Castelli. — Plat rond décoré d'un
paysage et de rinceaux dans lesquels se jouent
deux enfants. Décor polychrome.

Diam., 0.24 cent.

37 — Fabrique de Castelli. — Deux assiettes à décor
polychrome rehaussé de dorure. Au fond, sujet
champêtre; au marli, amours, mascarons et fleurs.

Diam., 0.18 cent.

38 — Fabrique de Castelli. — Plateau ovale à côtes et
à décor polychrome représentant le sujet de
Suzanne et les vieillards.

Long., 0.26 cent.; larg., 0.19 cent.

39 — Fabrique de Castelli. — Soucoupe pour tasse
trembleuse décorée de figures d'amours soutenant
une guirlande de fleurs.

Diam., 0.18 cent.

40 — **Fabrique de Castelli.** — Soucoupe ronde décorée
d'un amour portant une corbeille de fruits et
monté sur un bouc marin que tient une syrène.

Diam., 0.16 cent.

41 — **Fabrique de Nuremberg.** — Pot en terre
émaillée à décor polychrome dit aux apôtres. Le
couvercle est en étain.

Haut., 0.14 cent.

PORCELAINES DE CHINE

42 — Deux très beaux cornets en ancienne porcelaine
de Chine, décorés en émaux de la famille verte,
haut et bas à lambrequins ornés, et dans l'entre-
deux de dragons et de fleurs polychromes sur fond
rouge.

Haut., 0.50 cent.

43 — Deux potiches en ancienne porcelaine de Chine
décorées de lambrequins à fleurs sur fond noir et
couvertes, au pourtour de la panse, de chiens de
Fô et de nuages décorés en émaux polychromes
sur fond bleu clair. A la base, filets verticaux
émaillés bleu et rouge alternant; au col, feuilles

dressées, grecques et fleurs symétriques sur fond bleu clair. Montures en bronze frotté d'or de style chinois.

Haut., 0.38 cent.

44 — Joli vase en forme de bouteille en ancien céladon bleu turquoise décoré d'ornements gaufrés. Sur la panse légèrement ovoïde, des ornements et des têtes de chimères; sur l'épaulement, une double ligne de grecques; sur le col droit, des feuilles dressées.

Haut., 0.27 cent.

45 — Deux jolis vases en forme de bouteille à panse sphérique et col droit en ancienne porcelaine de Chine, décorés de fleurs arabesques et de feuilles dressées en bleu sur blanc. Belle qualité.

Haut., 0.41 cent.

46 — Deux grandes vasques rondes et profondes en porcelaine de Chine, décorées de paysages accidentés animés par des personnages.

Haut., 0.53 cent.; diam., 0.60 cent.

47 — Joli brûle-parfums de forme carrée en ancienne porcelaine de Chine reposant sur quatre pieds bas,

décoré au pourtour de grecques gaufrées et émaillées bleu dans la partie inférieure et découpées à jour dans la partie supérieure. L'entre-deux est formé d'un bord plat décoré de fleurs polychromes sur fond noir. Le couvercle en toit découpé à jour, comme le bandeau supérieur, est surmonté d'un chien de Fô assis tenant une boule de sa patte droite. Socle en bois de fer sculpté et découpé à jour.

Haut., o.23 cent.; diam., o.20 cent.

48 — Joli brûle-parfums carré à deux anses en S reposant sur une terrasse adhérente garnie à ses extrémités de fleurs en ronde bosse, en ancien céladon vert d'eau uni. Les fleurs ainsi qu'une figurine qui sert de bouton au couvercle sont seuls à décor polychrome.

La base et la gorge du couvercle sont en bronze ciselé et doré, et cette monture date de l'époque Louis XV.

Haut. totale, o.19 cent.; larg., o.20 cent.

49 — Jolie boîte carrée en ancienne porcelaine de Chine, décorée en émaux de la famille verte à fleurs, oiseaux et insectes, et encadrement formés de riches mosaïques à rosaces, quadrillages et fleurs. Le dessus porte une longue inscription.

PORCELAINES DE SAXE

50 — Deux jolis flambeaux en ancienne porcelaine de Saxe, composés chacun d'un groupe de deux figures représentant le Printemps et l'Été, sur base et à tige rocaille. Le tout en décor polychrome avec rehauts de dorure.

Haut.. 0,28 cent.

VERNIS DE MARTIN

51 — Deux panneaux peints en grisaille sur fond rouge, représentant : l'un, Galatée sur les eaux, l'autre, Persée délivrant Andromède.

52 — Quatre panneaux peints en couleur sur fond doré et représentant des figures allégoriques caractérisant les parties du monde.

MEUBLES EN BOIS SCULPTÉ

53 — Joli meuble Renaissance à deux corps en bois de noyer sculpté. Ses quatre portes, décorées de figures de femmes debout représentant la Force

l'Abondance, etc., sont séparées par un tiroir décoré d'une tête de chérubin et de draperies. Les anglesdu corps supérieur sont ornés de colonnettes.

Haut., 1.77 cent.; larg., 1.07 cent.

54 — Belle table Renaissance en bois de noyer sculpté supportée par des piliers formés chacun d'une cariatide d'homme se terminant en gaine et placée entre deux volutes découpées et à pieds de lion. Les deux piliers sont reliés par une traverse qui sert de base à trois balustres carrés.

Long., 1.60 cent.; larg., 0.87 cent.

55 — Deux très belles portes Louis XIV, en chêne sculpté et composées de deux encadrements au sommet desquels se trouvent des guirlandes de fleurs.

MEUBLES EN BOIS DORÉ

56 — Deux grandes et belles consoles du temps de Louis XVI, en bois sculpté et doré, de forme cintrée avec bandeau décoré de rinceaux et à quatre pieds cannelés, reliés entre eux à la partie supérieure par des guirlandes de chêne. L'entre-jambes est formé d'un plateau décoré d'ornements en

relief au centre duquel se trouve un trophée
d'armes et de drapeaux.

Le dessus est formé d'une tablette de marbre
blanc à moulures.

Haut., 0.99 cent.; larg., 1.24 cent.

57 — Deux petites tables-consoles de forme cintrée en
bois sculpté et doré, supportées par deux pieds à
volutes reliés par deux traverses entre lesquelles
est une tige droite autour de laquelle deux serpents
argentés sont enroulés. Dessus de marbre broca-
telle d'Espagne.

Larg., 0.45 cent.

58 — Deux jolies consoles de suspension du temps de
Louis XIV, en bois sculpté et doré, ornées aux
angles de volutes surmontées de têtes de femme et
offrant au centre un motif d'ornements découpés à
jour ainsi qu'une coquille et une palmette.

Haut., 0.38 cent.; larg. 0.41 cent.; prof., 0.19.

MEUBLES DIVERS

59 — Belle commode du temps de Louis XV, de forme
contournée et à deux tiroirs en laque noir et à
décor de paysages en or.

Elle est richement garnie de chutes et de poignées rocaille en bronze ciselé et doré. Dessus de marbre brèche.

Haut., 0.90 cent.; larg., 1.55 cent.

60 — Beau bureau du temps de Louis XIV en bois noir reposant sur huit pieds et richement garni de cariatides, de chutes, de poignées et d'encadrements en bronze doré. Le dessus couvert d'une basane est encadré d'un quart de rond en cuivre poli.

Long., 1.60 cent.; larg., 0,85 cent.

61 — Support en bois sculpté à plateau circulaire, avec galerie à jour et à cinq pieds cintrés, reliés rar un entre-jambes à rosace découpée. Travail de style chinois.

Haut., 0.55 cent.; diam., 0.48 cent.

62 — Support circulaire à trépied à têtes d'éléphant, en bois noir sculpté de style chinois.

Haut., 0.75 cent.; diam.. 0.40 cent.

SUPPLÉMENT

TAPISSERIES

63 — Gra.. de et belle Tapisserie des Gobelins repré
sentant, dans des bordures carrées simulant du
bois doré, des scènes tirées de l'histoire de Don
Quichotte. Ces deux tableaux, encadrés de festons
de fleurs polychromes sur fond jaune d'or, sont
séparés par un médaillon ovale représentant en
grisaille la figure équestre de Don Quichotte sur
fond violacé, entouré également de festons de fleurs
et se terminant à sa partie inférieure par un panier
de fruits et de fleurs.

Conservation exceptionnelle.

Haut., 2.90 cent ; Larg., 6.60 cent.

64 — Autre belle Tapisserie représentant un sujet
tiré de l'histoire de Don Quichotte, encadré d'une
bordure carrée simulant du bois doré et de festons
de fleurs se détachant en couleurs sur un fond
jaune d'or.

Comme celle qui précède, cette Tapisserie est
d'une conservation remarquable.

Haut., 3 m.; Larg., 2.10 cent.

140,000
125,000
12,300
6,500

ensemble

fr. 468,120.—

RED. :

16

graphicom
379.89.70

0 1 2 3 4 5 6 7 8 9 10